_____ 님의

특별한 명언 한 마디

내 인생을 바꾸는

특별한 명언

© 김지영, 2024

초 판 3쇄 발행일 2022년 11월 11일
개정판 1쇄 발행일 2024년 6월 27일

엮은이 김지영
펴낸이 김지영 **펴낸곳** 지브레인^{Gbrain}
편 집 김현주 **제작·관리** 김동영 **마케팅** 조명구

출판등록 2001년 7월 3일 제2005-000022호
주소 04021 서울시 마포구 월드컵로7길 88 2층
전화 (02)2648-7224 **팩스** (02)2654-7696

ISBN 978-89-5979-795-0(03840)

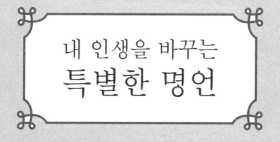

내 인생을 바꾸는
특별한 명언

김지영 엮음

지브레인

prologue

　무언가를 고민하고 결정해야 할 때 또는 실수했
을 때 생각하게 되는 말이 있다.

　"이 길은 처음입니다. 그래서 실수할 수도, 이
길이 맞는 건지도 잘 모르지만 열심히 가고 있습
니다."

　정확하지는 않지만 대략 이런 내용으로 기억한다.

　나는 인생의 고비고비마다 책에서 길을 찾았다.
책을 좋아하고 책을 읽는 동안 내가 경험하지 못
한 인생과 세상을 만나며 내 목표를 조금씩 키워
왔다.

　책이 내 인생에 많은 영향을 주었다면 책에서
길을 찾도록 해준 것은 친구였다.

　수능이 끝난 후 놀러갔던 친구의 방은 책상 앞
과 벽이 모두 메모지의 세상이었다. 누워서도 볼
수 있게 천장까지 모두 메모가 붙어 있었다. 메모

지 안에는 명언과 격언이 쓰여져 있었다.

뭐든지 최선을 다하고 항상 열심이던 친구는 격언과 명언에서 열정과 지혜를 찾고 있었던 것이다.

'책 속에 길이 있다'는 명언을 그저 한 줄의 글로만 보던 나에게 이 경험은 큰 자산이 되었다. 한두 마디의 명언과 격언에는 세상을 살기 위한 조언과 지혜와 경험이 담겨 있다.

책을 읽으며 위로가 되고 기준이 되고 도전이 되는 말들을 메모해온지도 오랜 시간이 흘렀다. 그중 내가 받은 위로를 전하고 가야 할 길을 찾도록 해줄 명언들을 모아봤다.

오랜 세월 사람들의 위로가 되어준 이 명언들이 이 책을 읽는 사람들에게도 희망과 성공 그리고 마음의 안식이 되어주길 바란다.

1

매일 행복하지는 않지만
행복한 일은
매일 있어.

곰돌이 푸

2

때로는 살아 있는 것조차도
용기가 될 때가 있다.

세네카

3

인생 그 자체가 가장 훌륭한 동화다.

안데르센

4

누군가의 기분을 상하게 했다면
즉시 사과하는 것이
최고의 치료법이라고
응급처치 교육 때 배웠어.

피너츠

5

고양이는
세상 모두가
자기를 사랑해주길 원하지 않는다.
다만
자기가 선택한 사람이
사랑해주길 바랄 뿐이다.

헬렌 톰슨

6

이걸 기억하겠다고 약속해줘.
넌 네가 믿는 것보다
더 용감하고
보기보다 더 강하고
네 생각보다 더 똑똑하다는 것을!

곰돌이 푸

7

사람은 고쳐 쓰는 게 아니야.

격언

8

자신에게 이렇게 말해줘.
넌 할 수 있다!
해낼 능력이 있다.

피너츠

9

당신이 할 수 없는 일이
당신이 할 수 있는 일을
방해하지 못하게 하라.

존 우든

10

뒤로 갈 것이 아니면 돌아보지 마라.

헨리 데이비드 소로

11

읽다 죽어도
멋져 보일 책을
항상 읽으라!

P. J. 오루크

12

좋았다면 추억이고
나빴다면 경험이다.

빅토리아 홀트

13

나는 계속해서 실패를 경험한다.
그것이 내가 성공하는 이유다.

마이클 조던

14

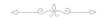

당신을 웃게 만드는 이에게
화를 낼 수는 없어요.
그만큼 단순한 거예요.

제이 레노

15

넌 아주 사랑스러운 사람이며
네 인생은 사랑으로 가득찰 거야.

피너츠

16

최고의 교훈은
과거의 실수로부터 배울 수 있다.
과거의 잘못은
미래의 성공을 위한 지혜가 된다.

데일 터너

17

경험을
현명하게 사용한다면,
어떤 일도
시간 낭비는
아니다.

오귀스트 르네 로댕

18

일을 망치고
아무것도 배우지 못했다면
당신은 실수를 한 것이다.
일을 망치고 무언가를 배웠다면
당신은 경험을 한 것이다.

마크 맥파든

19

배우고 싶다면
들어라.
발전하고 싶다면
시도하라.

토머스 제퍼슨

20

누구나 중대한 결정을
해야 할 때가 있어.
그때는 자신의 믿음을 따라야 해.

피너츠

21

조금만 기다려봐.
곧 좋은 일이 생길 거야.

피너츠

22

인생에서 가장 슬픈 세 가지.

할 수 있었는데,
해야 했는데,
해야만 했는데.

루이스 E. 분

23

당신이 저지를 수 있는 가장 큰 실수는
실수를 할까
두려워하는 것이다.

앨버트 하버드

24

선물로
친구를 사지 마라.
선물을 주지 않으면
그 친구의 사랑도
끝날 것이다.

토마스 풀러

25

나에겐 철학이 있어.
어려운 일이 있다면,
언젠가는 좋은 일도 있다는 거야.

피너츠

26

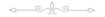

행복은
자신이
좋아하는 일을 할 수 있는 것과
지금 당신이
해야 하는 일을 좋아하는 것이다.

헨리 포드

27

나는 너와 함께 보내는 하루가
제일 좋아.
그래서 오늘 하루도
나는 제일 좋아.

곰돌이 푸

28

지식을 얻으려면
공부를 해야 하고,
지혜를 얻으려면
관찰을 해야 한다.

마릴린 보스 사번트

29

당신을 만나는 모든 사람이
당신과 헤어질 때는
더 나아지고
더 행복해질 수 있도록 하라.

마더 테레사

30

나는
미칠 거 같은데
아무도
몰라줘.

피너츠

31

내 기분은 내가 정해.
오늘은 행복으로 할래.

이상한 나라의 앨리스

32

실수를 저지른 적이 없는 사람은
새로운 것을
시도해본 적이 없는 것이다.

알베르트 아인슈타인

33

실패했다 해도 걱정하지 마라.
성공의 길이 아닌
하나를 없앤 것이니까.

토머스 J. 빌로드

34

꿈을 꿀 수 있다면
행동할 수 있고,
행동할 수 있다면
원하는 대로 될 수 있다.

토머스 J. 빌로드

35

실패의 결과는 잊어라.
실패란
다음번 성공으로 향하는 직선 도로에서
잠시 방향을 바꾼 것에 지나지 않는다.

데니스 웨이틀리

36

사귀는 친구만큼
읽는 책에도 주의하라.
습관과 성격은
친구만큼이나 책에서도
영향을 받을 것이기 때문이다.

팩스튼 후드

37

누구나 재능은 있다.
드문 것은,
그 재능이 이끄는 암흑 속으로
따라 들어갈 용기다.

에리카 종

38

자신의 능력을
믿어야 한다.
그리고 끝까지
굳세게 밀고 나아가라.

로잘린 카터

39

우리는 가지고 있는 15가지 재능으로
칭찬받으려고 하기보다는
가지지도 않은 한 가지 재능으로
돋보이려 안달한다.

마크 트웨인

40

노력한다고 항상 성공할 수는 없지만,
성공한 사람은
모두 노력했다는 걸 알아둬.

곰돌이 푸

41

미소는 전기보다 적은 양으로
더 많은 빛을 만들어낸다.

아베 피에르

42

삶은 늘 두 번째 기회를 준다.
그리고 우리는 그 기회를
내일이라 부른다.

딜런 토머스

43

첫인상은
당신이 보이는 모습으로 결정된다.
두 번째 인상은
당신이 입을 열 때 결정된다.

댄 페냐

44

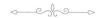

혼자인 것을 두려워하지 마라.
일생 동안 우리가 가질 수 있는
가장 깊은 관계는
자신과의 관계다.

제니퍼 로렌스

45

의무감 때문에 사람을 만나진 마라.
모든 옛친구,
팔촌까지 만날 필요는 없다.
불필요한 관계는
자연스럽게 멀어지도록 하는 것이
현명한 방법이다.

제니퍼 로렌스

46

인생을 참되게 살아가는 비결은
바로 자신의 혀를
주의해서 사용하는 것이다.

마빈 토케이어

47

모든 것이 완벽하게
준비된 순간을 기다리면,
우리는 결코 시작할 수 없을 것이다.

이반 세르게예비치 투르게네프

48

친절하게 말할 기회를
절대로 잃지 마라.

윌리엄 메이크피스 새커리

49

누구나 한계는 있다.
그러나 최대한 멀리 가보지 않는다면
어떻게 우리의 한계를
알 수 있겠는가?
나는 이미 해본 일을 반복해
안전한 성공을 얻기보다는
새로운 것,
해보지 않는 것을 시도하다가
실패하는 쪽을 택하겠다.

A. E. 하치너

50

출발하게 만드는 힘이
동기라면
계속 나아가게 만드는 힘은
습관이다.

짐 라이언

51

모든 사람은 실수를 해.
그래서
연필 뒤에 지우개가 있는 거야.

심슨

52

진짜 위험한 것은
아무것도 하지 않는 것이다.

데니스 웨이틀리

53

시험받지 않는 삶은 살 가치가 없다.

소크라테스

54

스스로에게 물어보라.
난 지금
무언가를
변화시킬
준비가
되었는가.

잭 캔필드

55

미루는 버릇은 자멸의 씨앗이다.

메튜 버튼

56

사소한 것들을 소중히 해야 해.
그것이 삶을 이루는 버팀목이니까.

심슨

57

우리는
손길, 미소, 따뜻한 말 한 마디,
경청하는 귀, 진솔한 칭찬,
사소한 애정 표현의 위력을
과소평가하기 일쑤지만,
이 모든 것은
인생을 180도 바꿔 놓을
잠재력이 있다.

레오 버스카글리아

58

천리 길도 한 걸음부터.

노자

59

어떤 일이 잘되길 바란다면
그 일을 실천하라.

나폴레옹

60

무언가 해보려고 노력하다가
실패하는 사람이
아무것도 하지 않고 성공하는
사람보다 훨씬 훌륭하다.

로이드 존스

61

보이는 곳까지 멀리 나아가라.
그곳에 도달하면
더욱 멀리 보일 것이다.

오리슨 스웨트 마돈

62

모든 것을 가질 수는 없겠지만
모든 것을 갖기 위해
시도해볼 수는 있다.

토머스 J. 빌로드

63

사람들은 언제나
돈을 저축하라고 충고한다.
그러나 이것은 나쁜 충고다.
모든 돈을 저축하지 마라.
자신에게 투자하라.

헨리 포드

64

강물은 결코
바다로 가는 것을 포기하지 않는다.
평지에서도,
굽이쳐 흐를 때가 있을지라도,
강물은 바다로 가는 것을
포기하지 않는다.

노무현

65

높은 곳에 있는 열매를 따기 전에
낮은 곳에 있는 열매부터 따야 한다.
대중적인 시장은
얻기 쉬운 열매라고 볼 수 있다.

헨리 포드

66

내일은 어떻게 되겠지
하고 생각한다면
이미 늦은 것이다.
현명한 사람은
이미 어제 다 끝낸 일이다.

찰스 호튼 쿨리

67

크게 생각하는 사람은
듣기를 독점하고,
작게 생각하는 사람은
말하기를 독점한다.

데이비드 슈워츠

68

낡은 방식에 너무 익숙해져서
변화를 수용할 수 없게 되면
망한다.

헨리 포드

69

기회는 노크하지 않는다.
그것은 당신이 문을 밀어 넘어트릴 때
모습을 드러낸다.

카일 챈들러

70

인내할 수 있는 사람은
바라는 것은 무엇이든지
손에 넣을 수 있다.

벤자민 프랭클린

71

하고 싶은 일을 한다면
그 사람은 성공한 것이다.

밥 딜런

72

능력은
꿈에 어울리게 성장하기 마련이다.

집론

73

당신의 운명은
결심의 순간에 모습을 갖춘다.

앤서니 로빈스

74

다른 누군가가 할 수 있거나
인생에서 이룰 수 있는 일이라면
당신도 할 수 있습니다.

토머스 J. 빌로드

75

결심은 인간 의지를
일깨우는 외침이다.

앤서니 로빈스

76

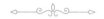

오늘 그것을 할 수 없다면,
대체 무슨 근거로
내일 그것을 할 수 있다고
생각하는가?

유서프 타라

77

희망은
꿈이 아니라
꿈을 실현하는
방법이다.

레오 요제프 수에넨스

78

나는
과거의 역사보다
미래의 꿈을
더 좋아한다.

토머스 제퍼슨

79

할 수 있다고 믿는 사람은
그렇게 되고,
할 수 없다고 믿는 사람 역시
그렇게 된다.

샤를 드골

80

현재뿐 아니라
미래까지 걱정한다면
인생은
살 가치가 없을 것이다.

윌리엄 서머셋 모옴

81

희망은
좋은 소식이 나쁜 소식보다
우세한지
계산하는 데서
오는 것이 아니다.
희망이란
그저 행동하겠다는 선택이다.

안나 라페

82

이 세상에 열정 없이 이루어진
위대한 것은 없다.

게오르크 빌헬름

83

운은 계획에서 비롯된다.

브랜치 리키

84

나는
힘과 자신감을 찾아
항상 바깥으로 눈을 돌렸지만
자신감은
내면에서 나온다.
자신감은
항상 그곳에 있다.

안나 프로이트

85

가지고 있다고 믿어라.
그러면 가지게 될 것이다.

라틴어 속담

86

능력이란
무언가를 할 수 있음을 말하고,
동기는 무엇을 하는지를 정해주며,
태도는
그것을 얼마나 잘 하는지를
결정 짓는다.

루 홀츠

87

과거를 애절하게 들여다 보지 마라.
다시 오지 않는다.
현재를 현명하게 개선하라.
너의 것이니.
어렴풋한 미래를 나아가 맞으라.
두려움 없이.

헨리 워즈위스 롱펠로우

88

오늘 하는 일들이
쌓이고 쌓여
미래에
영향을 미치는 법이다.

알렉산드로 스토다드

89

품고 있는 꿈의 크기로
종종 그 사람을 판단할 수 있다.

로버트 H. 슐러

90

낮에 꿈꾸는 사람들은
밤에만 꿈꾸는 사람들이
놓치는 수많은 것들을
깨달을 수 있다.

에드거 앨런 포

91

미래를 창조하는 데는
꿈만한 것이 없다.
오늘의 유토피아가
내일의 실체가 된다.

빅토르 위고

92

많은 사람들이 성공을 꿈꾼다.
내게 있어 성공은
오직 반복적인 실패와
자기반성을 통해서만
가능하다.

혼다 소이치로

93

구하라 그러면 구할 것이요
찾으라 그러면 찾을 것이요
두드려라 그러면 열릴 것이니라

마태복음 7장 7절

94

우리 내부에
승리와 패배의 씨앗이 있다.
당신이라면 어떤 씨앗을 뿌릴 것인가.

롱펠로

95

그 어떤 위대한 일도
열정 없이 이루어진 것은 없다.

랠프 왈도 에머슨

96

자기 자신을 지배할 수 있다면
세계도 지배할 수 있다.

중국 속담

97

가장 위대한 발견은,
인간은 마음가짐을 바꿈으로써
인생을 바꿀 수 있다는 것이다.

윌리엄 제임스

98

자신이
할 수 없을 거라고 생각하는 일들을
해야만 한다.

엘리너 루즈벨트

99

꿈 없는 지성은 날개 없는 새와 같다.

C. 아치 대니얼스

100

흠을 찾으려 하지 말고
해결책을 찾아라.

헨리 포드

내 명언 한 마디

101

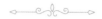

처음에
성공하지 못할 것 같으면,
실패자가
뭐라도 얻는지 알아보라.

빌 라이언

102

기회는
대개 힘겨운 고난으로 위장한다.
그래서 사람들이
그것을 잘 알아보지 못하는 것이다.

앤 랜터스

103

우리의 열망이 우리의 가능성이다.

새뮤얼 존슨

104

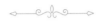

누군가를 신뢰하면
그들도 너를
진심으로 대할 것이다.
누군가를
훌륭한 사람으로 대하면,
그들도 너에게
훌륭한 모습을
보여줄 것이다.

랄프 왈도 에머슨

105

못 가진 것에 대한
욕망으로
가진 것을
망치지 말라.
하지만
지금 가진 것이
한때는
바라기만 했던 것 중
하나였다는 것도
기억하라.

에피쿠로스

106

신념은
아직 보지 못한 것을
믿는 것이며,
그 신념에 대한 보상은
믿는 것을
보게 된다는 것이다.

성 아우구스티누스

107

시도해보기 전까지는
무엇을 할 수 있는지
모르는 법이다.

푸블릴리우스 시루스

108

인간은 스스로 믿는 대로 된다.

안톤 체호프

109

부자와 빈자의 철학은 이렇다.
부자는
투자를 먼저하고 남은 돈을 쓰지만
빈자는
먼저 쓰고 남은 돈을 투자한다.

짐 론

110

높은 기대치야말로 모든 것의 열쇠다.

샘 월튼

111

성공할 것이라 믿어라.
그러면 성공할 것이다.

데일 카네기

112

어떤 일을 하기에 앞서
스스로
그 일에 대한 기대를
가져야 한다.

마이클 조던

113

용기 있는 자로 살아라.
운이 따라주지 않는다면
용기 있는 가슴으로
불행에 맞서라.

키케로

114

진정한 실패는
아무것도 배울 게 없는 실패다.

존 파웰

115

오늘이 생의 마지막 날인 것처럼 살아라.

고타마 싯다르타

116

진정한 성공은
좋아하는 일 안에서
평생의 일을 찾는 것이다.

데이비드 맥글로

117

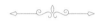

결코 넘어지지 않는 것이 아니라
넘어질 때마다 일어서는 것
거기에
삶의 가장 큰 영광이 존재한다.

넬슨 만델라

118

두려움에 맞서는 것
그것이 용기다.
아무것도 두려워하지 않는 것
그것은 어리석음이다.

토드 벨메르

119

용기는
두려움이 없는 것이라기보다는
두려움보다 더 중요한
다른 무언가가 있는지
판단하는 것이다.

앰브로스 레드문

120

나는 실패한 횟수가 아닌
성공한 횟수에 의해 평가받는다.
나의 성공 횟수는
실패하고도 계속 다시 시도한 횟수와
정비례한다.

톰 홉킨스

121

많은 실수, 큰 실수 없이
위대해진 사람은 없다.

윌리엄 E. 글래드스톤

122

성공의 비결은
남들이 잘 때 공부하고,
남들이 빈둥거릴 때 일하며,
남들이 놀 때 준비하고,
남들이 그저 바라기만 할 때
꿈을 갖는 것이다.

윌리엄 아서 워드

123

당신은 원하는 일을 할 수 있고
바라는 바를 성취할 수 있으며
마음속에 품은 목표를 달성할 수 있다.
당신이 원하는 바가 있고
그것을 위해 노력한다면
그것은 천천히 날마다,
조금씩 아주 긴 시간에 걸쳐
이루어진다.

윌리엄 E. 홀러

124

어떤 분야에서든
유능해지고 성공하기 위해선
세 가지가 필요하다.
타고난 천성
공부
그리고
부단한 노력.

헨리 워드 비처

125

사람들은
할 수 있다고 생각하기 시작할 때에야
가장 비범한 모습을 보이게 된다.
자기 자신을 믿을 때
성공의 첫 번째 비결을
갖게 되는 것이다.

노먼 빈센트 필

126

계획 없는 목표는
한낱 꿈에 불과하다.

생텍쥐페리

127

목표가 있는 사람은 성공한다.
어디로 가고 있는지 알기 때문이다.

얼 나이팅게일

128

세상을 움직이려면
먼저 나 자신을 움직여야 한다.

소크라테스

129

우리가 진정으로 소유하는 것은
시간뿐이다.
가진 것이 아무것도 없는 이에게도
시간은 있다.

발타사르 그라시안

130

당신이 변하면 모든 것이 변한다.

짐 론

131

모든 실수가 어리석은 것이라고
말해서는 안 된다.

키케로

132

완벽이 아닌
성공을 목표로 하라.
틀릴 권리를
결코 포기하지 마라.
그러면
살면서 새로운 것을 배워
앞으로 나아갈 능력을
잃기 때문이다.

데이비드 M. 번즈

133

궁금증을 풀고 싶다면
어느 주제에 대한 것이든
호기심이 발동하는 그 순간을 잡아라.
그 순간을 흘려보낸다면
그 욕구는
다시 돌아오지 않을 수 있고
당신은
무지한 채로 남게 될 것이다.

윌리엄 워트

134

앞서가는 사람의 비밀은
시작하는 것이다.
시작하는 방법의 비밀은
복잡하고 과중한 작업을
할 수 있는 작은 업무로 나누어,
그 첫 번째 업무부터
시작하는 것이다.

마크 트웨인

135

20년 후 당신은
했던 일보다
하지 않았던 일로 인해
더 실망할 것이다.
그러므로 닻줄을 던져라.
안전한 항구를 떠나 항해하라.
당신의 돛에 무역풍을 가득 담아라.
꿈꾸라.
발견하라.

마크 트웨인

136

실패가 나태함에 대한
유일한 징벌은 아니다.
다른 이들의 성공도 있지 않은가.

쥘 르나르

137

도전은
인생을 흥미롭게 만들며,
도전의 극복이
인생을 의미 있게 한다.

조슈아 J. 마린

138

먼저 필요한 일을 하고
그 다음 가능한 일을 하라.
그러면 어느 순간
불가능한 일을 할 수 있게 된다.

성 프란치스코

139

우리가 정복하는 것은
산이 아니라
우리 자신이다.

에드먼드 힐러리

140

가치 있는 목표를 향해
움직이는 순간
당신의 성공은 시작된다.

찰스 칼슨

141

꼭대기에
가까이 다가갈수록
꼭대기가
없음을 알게 된다.

낸시 바커스

142

목표가 없으면 성취도 없다.

로버트 J. 맥케인

143

지식을 갖는 것만으로는 충분하지 않다.
적용해야 한다.
소망을 갖는 것만으로도 충분하지 않다.
성취해야 한다.

괴테

144

목표의 성취는
또 다른 목표의
출발점이 되어야 한다.

알렉산더 그레이엄 벨

145

나쁜 습관을 바꾸려면
성공적인 역할 모델의
습성을 연구해야 한다.

잭 캔필드

146

돈에서
아이디어가 나오는 게 아니라
아이디어에서
돈이 나오는 것이다.

마크 빅터 한센

147

성공의 열쇠 아이디어를 연구하라.
계획을 짜라.
성공을 기대하라.
그리고 실행에 옮겨라.

존 S. 하인즈

148

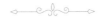

인생에서 목표로 삼아야 할 것은
두 가지다.
하나는
원하는 바를 이루는 것.
또 하나는
그것을 즐기는 것이다.
오직 현명한 인간만이
두 번째까지 이뤄낸다.

로건 피어솔 스미스

149

평균적인 사람은
자신의 일에 자신이 가진 에너지와
능력의 25%를 투자한다.
세상은
능력의 50%를 일에 쏟아 붓는
사람들에게
경의를 표하고
100%를 투자하는
극히 드문 사람들에게
머리를 조아린다.

앤드류 카네기

150

또 실패했는가?
괜찮다.
다시 실행하라.
그리고
더 나은 실패를 하라.

사무엘 베케트

151

너의 길을 가라.
남들이 뭐라고 하든지
내버려 두라.

알리기에리 단테

152

시간은
차갑게 식혀주고
명확하게 보여준다.
변하지 않은 채
몇 시간이고 지속되는
마음의 상태는 없다.

마크 트웨인

153

절대로
고개를 떨구지 말라.
고개를 치켜들고
세상을 똑바로 바라보라.

헬렌 켈러

154

가장 중요한 사실은
당신이 할 수 있다는 것을
아는 것이다.

로버트 앨런

155

멋지게 살고
자주 웃고
사랑을 많이 한 사람이
진짜 행복한 사람이다.

베시 스텐리

156

자신의 능력을 감추지 마라.
재능은
쓰라고 주어진 것이다.
그늘 속의 해시계가
무슨 소용이랴.

벤자민 프랭클린

157

나쁜 습관은
고치는 것보다
예방하는 것이
더 쉽다.

벤자민 프랭클린

158

<u>스스로</u>
자신을 존경하면
다른 사람도
당신을 존경할 것이다.

공자

159

나 자신에 대한
자신감을 잃으면,
온 세상이
나의 적이 된다.

랄프 왈도 에머슨

160

가끔은
나를
조금 가꾸는 것만으로도
기분전환이 돼.

피너츠

161

사람들이 뭐라고 하던
오직 나만이
나의 운명을 결정할 수 있다.

클레어 올리버

162

낙관주의자란
봄이 인간으로 태어난 것이다.

수잔 비소네트

163

의미 없는 말보다
침묵하는 것이 더 낫다.

피타고라스

164

성공은 최종적인 게 아니며
실패는 치명적인 게 아니다.
중요한 것은
지속하고자 하는 용기다.

윈스턴 처칠

165

모든 사람은
경탄할만한 잠재력을 가지고 있다.
자신의 힘과 젊음을 믿어라.
모든 것이
내가 하기 나름이다.
끊임없이 자신에게
말하는 법을 배워라.

앙드레 지드

166

성공은
두려움보다 더 큰 꿈을
품는 데서 온다.

테리 외트윌러

167

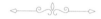

인간만이
생각을 물리적 실체로 전환하는
능력을 가지고 있으며,
인간만이
꿈을 꾸고
그 꿈을 실현할 수 있다.

나폴레옹 힐

168

지금의 당신과 5년 후 당신의 차이를
만들어주는 것은
그 시간 동안
당신이 만나는 사람들과
당신이 읽은 책들이다.

찰리 존스

169

길을 가다가 돌이 나타나면
약자는
그것을 걸림돌이라고 말하고
강자는
그것을 디딤돌이라고 말한다.

토머스 칼라일

170

남들이 당신을 어떻게 생각할까
너무 걱정하지 마라.
남들은 당신에 대해
그렇게 많이 생각하지 않는다.

엘레노어 루즈벨트

171

어제와 똑같이 살면서
다른 미래를 기대하는 것은
정신병 초기 증세다.

알베르트 아인슈타인

172

비관론자는
어떤 기회가 와도
역경만을 보고,
낙관론자는
어떤 난관이 와도
기회를 본다.

윈스턴 처칠

173

그들이 당신을 뭐라고 부르는지는
중요하지 않다.
문제는
당신이 그들에게
무엇이라 대답하는가이다.

W. C. 필즈

174

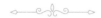

위대한 것을 성취하려면
행동할 뿐 아니라
꿈을 꿔야 한다.

아나톨 프랜스

175

가장 큰 일을 하는 사람들이
가장 큰 꿈을 꾸는 것으로 보인다.

스티븐 리콕

176

자신의 미래를
스스로 창출해야 한다.
그냥 어쩌다 미래를 만나서는 안 된다.

로저 스미스

177

만약 우리가 할 수 있는
모든 것을 한다면,
우리는
문자 그대로
우리 자신을 놀라게 할 것이다.

토머스 에디슨

178

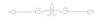

생각을 집중해야
바라던 결과를 얻을 수 있다.

지그 지글러

179

상상하면 성취할 수 있고
꿈꾸면 그대로 필 수 있다.

윌리엄 아서 워드

180

우리를 다른 사람들과
구분해주는 것은,
우리의 꿈과
그것을 실현하기 위해
하는 일들이다.

조셉 엡스타인

181

주여,
언제나 제가 이룰 수 있는 것보다
더 많은 것을 갈망하게 하소서!

미켈란젤로

182

나는 밤에만 꿈을 꾸는 게 아니라
하루 종일 꿈을 꾼다.
나는 생계를 위해 꿈을 꾼다.

스티븐 스필버그

183

책의 가치는
그것으로부터
무엇을 배울 수 있는가에
달려 있다.

제임스 브라이스

184

우리를 현명하게 만들어주는
두 가지 기본적인 것이 있다.
우리가 읽는 책들과
우리가 만나는 사람들이
바로 그것이다.

찰스 존스

185

과거의 실수에서 배우고
과거의 성공에 기대지 말라.

데니스 웨이틀리

186

있는 그대로 혹은
강요받은 대로가 아니라
꿈에 보이는 대로
우리의 인생을 보여주어야 한다.

톨스토이

187

노력에 열정을 더하는 것
그것이 바로
기대치 이상을 달성하는
가장 빠른 길이다.

마이크 리트먼

188

성공하는 사람은
큰 꿈을 가진 이들이다.
그들은
자신의 미래 모습을 상상한다.
그리고 멀리 보이는 비전과
목표와
목적을 향해
날마다 노력한다.

브라이언 트레이시

189

걱정하는 게 걱정이야.

피너츠

190

우리 엄마가 그러는데
기회 하나가 사라지면
다른 기회가 열린대요.

심슨

191

성공의 비법이란 존재하지 않는다.
성공은
준비와 노력 그리고 실패에서 배우는
교훈의 결과물이다.

콜린 파월

192

행복은 우연이 아닌 선택의 문제다.

짐 론

193

불가능한 것을 손에 넣으려면
불가능한 것을 시도해야 한다.

세르반테스

194

사람을 볼 때
중요한 것은
상대가 아니라
자신의 눈과
마음이다.

채근담

195

인간이란
교육받지 않으면 안 되는
유일한 피조물이다.
인간은
교육을 받음으로써
비로소 인간이 된다.

채근담

196

좋은 책을 읽는 것은
과거 몇 세기의
가장 훌륭한 사람들과
이야기를 나누는 것과 같다.

르네 데카르트

197

인생을 다시 산다면,
나는
똑같은 실수를
조금 더 일찍 저지를 것이다.

탈룰라 뱅크헤드

198

겸양은
위험을 불러들이지 않으며
편안하고
즐거움을 얻는
효과적인 방법이다.

막심 고리키

199

당신이 행복하다고 느낀다면
당신은 행복한 것이 틀림없다.

나폴레옹 힐

200

행복도 하나의 선택이며
그 가운데
가장 잘 알려지고
오래된 방법은
미소 짓는 것이다.

잭 캔필드

내 명언 한 마디

201

아름다운 여자의 마음에 들려고
노력할 때는
1시간이 마치 1초처럼 흘러간다.
그러나
뜨거운 난로 위에 앉아 있을 때는
1초가 마치 1시간처럼 느껴진다.
그것이 바로 상대성이다.

알베르트 아인슈타인

202

어디를 가든지 마음을 다해 가라.

공자

203

세상에서 가장 큰 행복은
한 해가 끝날 때
그해의 처음보다
더 나아진 자신을 느낄 때다.

톨스토이

204

독서를 이기는 건 없다.

워런 버핏

205

상황은 바뀌지 않는다.
다만 우리가 변하는 것뿐이다.

헨리 데이비드 소로

206

행복은 누구에게나 온다네.

피너츠

207

패배한다고 실패자인 것이 아니라
승리를 원치 않을 때만
실패자인 것이다.

지저스 M. 트레조

208

돈 자체가 행복을 안겨주지는 않지만
확실히 청구서 납부는 쉽게 해준다.

토머스 J. 빌로드

성공은
삶에서 당신이 도달한
현재의 위치가 아니라
그동안 당신이 극복한
장애물들이다.

부거 T. 워싱턴

210

가장 중요한 것들이
가장 사소한 것들에 의해
좌우되어서는 안 된다.

괴테

211

사람들은
자신의 환경에 대한 개선은
열망하면서도
자기 자신에 대한 개선에는
기꺼이 나서지 않는다.
이것이 그들이 속박에서
벗어나지 못하는 이유다.

제임스 앨런

212

너 자신이 되어라.
다른 사람은 이미 있으니.

오스카 와일드

213

날마다 한 가지씩 새로운 것을 배워라.
그러면 결코 늙지 않으리라.

로이스 베이

214

젊음도 충분하지 않고,
사랑도 충분하지 않고,
성공도 충분하지 않다.
성취한다 해도 충분하다는
생각은 들지 않을 것이다.

믹논 맥러플린

215

모든 지도자는 독서광이다.

짐 론

216

사람들은 게으르지 않다.
다만 무기력한 목표를
갖고 있을 뿐이다.
영감을 부여하지 않는
그런 목표를 말이다.

앤서니 로빈스

217

인생은 사소해지기에는 너무 짧다.

벤저민 디즈레일리

218

난 무너지지 않아.
절대로.

피너츠

219

어떤 환경에서도
감사 제목은 있습니다.

빅터 프랭클

220

세상에서 가장 어려운 일은
사람의 마음을 얻는 일이야.

어린 왕자

221

착한 일은
아무리 작아도 반드시 해야 하고,
나쁜 일은
아무리 작아도 결코 해서는 안 된다.

유비

222

어려움을 함께 하기는 쉽지만
부를 함께 하기는 어렵다.

속담

누구도 해낸 적 없는 성취란
누구도 시도한 적 없는
방법을 통해서만
가능하다.

프랜시스 베이컨

224

착한 사람에게는
너그럽게 대하고
악한 사람에게는
엄하게 대하며
보통 사람에게는
너그러움과 엄한 태도를
겸비해 대해야 한다.

채근담

225

너무 심각할 것 없어.
잘 될 거야.
시간을 가져.

피너츠

226

탁월한 능력은
새로운 과제를 만날 때마다
스스로 발전하고 드러난다.

발타사르 그라시안

227

한 권의 책을 읽음으로써
자신의 삶에서
새 시대를
본 사람이
너무나 많다.

헨리 데이비드 소로우

228

과거를 기억 못하는 이들은
과거를 반복하기 마련이다.

조지 산타야나

229

매일 밤
긍정적인 글을 읽고
매일 아침
도움이 되는 말에
귀를 기울여라.

톰 홉킨스

230

배움을 멈추지 마라.
날마다 한 가지씩 새로운 것을 배우면
경쟁자의 99%를 극복하게 된다.

조 카를로조

231

여러 가능성을 먼저 타진해보라,
그런 후 모험을 하라.

헬무트 폰 몰트케

232

말해야 할 때와
침묵해야 할 때를
아는 것은
훌륭한 일이다.

세네카

233

설명하지 마라.
친구라면
설명할 필요가 없고,
적이라면
어차피
당신을 믿으려 하지 않을 테니까.

엘버트 허버드

234

곤경의 한 가운데에
기회가 놓여 있기 마련이다.

알베르트 아인슈타인

235

성공은 영원하지 않으며
실패 역시 그러하다.

델 크로스워드

236

성공이란 당신 자신,
당신이 하는 일,
그 일을 하는 방식을 좋아하는 것이다.

마야 안젤루

237

성공이란
절대 실수를 하지 않는 게 아니라
같은 실수를 두 번 하지 않는 것이다.

조지 버나드 쇼

238

역경에 대처하는 방법은 두 가지다.
역경을 변화시키거나
역경에 맞설 수 있도록
당신 자신을 바꾸는 것이다.

필리스 바텀스

239

감사하는 태도를 발전시켜
당신에게 일어나는 모든 것에
감사하라.
전진을 위한 단계 하나하나가
지금 상황보다
더 크고 더 나은 무언가를
성취하기 위한 과정이다.

브라이언 트레이시

240

미래가 과거의 인질이 되게 하지 말라.

닐 A. 맥스웰

241

내일의 삶은 너무 늦다.
오늘을 살아라.

마르티알리스

242

성공하려면 실패해야 한다.
그래야 다음번에
무엇을 더 잘해야 할지 안다.

앤서니 디앤젤로

243

우리가 결정해야 하는 것은
우리가 얼마나 가치 있는
존재인지가 아니라
가치 있는 존재가 되려면
어떻게 해야 하는가이다.

F. 스콧 피츠제럴드

244

안전함으로 후퇴할 것이냐
발진을 향해 전진할 것이냐는
당신의 선택이다.
끊임없이 발전을 선택하고
끊임없이 두려움을 이겨내라.

에이브러햄 매슬로

245

칭찬받는 모습으로
그 사람의 인격을 판단할 수 있다.

세네카

246

다른 사람을 정복하는 사람은
강한 자다.
자기 자신을 정복하는 사람은
위대한 자다.

노자

247

우리가
무슨 생각을 하느냐가
우리가
어떤 사람이 되는지를
결정한다.

오프라 윈프리

당신의 믿음이
곧 당신의 생각이 되고,
당신의 생각이
당신의 말이 되며,
당신의 말이
당신의 행동이 되고,
당신의 행동이
당신의 습관이 된다.
당신의 습관이
당신의 품성이 되며,
당신의 품성이
당신의 운명이 된다.

마하트마 간디

249

천재성을 가진 자는
경탄의 대상이 되고,
부를 가진 자는
시기의 대상이 되며
권력을 가진 자는
두려움의 대상이 되지만,
품성을 갖춘 자는
신뢰의 대상이 된다.

지그 지글러

250

인간은
무언가가 목표에 불을 당겨주면
불가능도 가능하게 하는
그런 존재다.

장 드 라 퐁텐

251

당신의 힘으로 얻을 수 있는 것을
남에게 부탁하지 말라.

세르반테스

252

변화를 이야기하면
리더가 되고,
변화를 받아들이면
생존자가 되지만,
변화를 거부하면
죽음을 맞이할 뿐이다.

레이 누어다

253

현명한 사람은
스스로 발견하는 것보다
더 많은 기회를 만든다.

프랜시스 베이컨

254

용기를 가져라.
신념을 가져라.
앞으로 나아가라.

토머스 에디슨

255

항상 최선을 다하라.
지금 계획하는 것을
나중에 수확하게 될 것이다.

오그 만디노

256

각각의 문제에는
문제를 작아 보이게 만들 정도로
강력한 기회가 존재한다.
가장 위대한 성공담은
문제를 인식하고
그것을 기회로 만든 사람들이
창출한 것들이다.

조셉 슈거맨

257

당신이 원하는 모든 것은
두려움 저편에 존재한다.

잭 캔필드

258

탁월한 인간이 되는 유일한 길은
날마다 끊임없이
자신을 개선해 나가는 것이다.

토머스 J. 빌로드

259

최종 목표는
승리가 아니라
당신의 능력이 허락하는 범위 내에서
가능한 최고가 되는 것이다.

토머스 J. 빌로드

260

이 모든 과제는
취임 후 100일 안에
이뤄지지는 않을 것입니다.
1,000일 안에도 이뤄지지 않을 것이며,
현 정부의 임기 중에
끝나지도 않을 것이며,
어쩌면 우리가 지구상에
살아 있는 동안
이루지 못할 수도 있습니다.
하지만 시작합시다.

존 F. 케네디

261

성공은 친구를 만들고,
역경은 친구를 시험한다.

푸블릴리우스 시루스

262

당신은 지체할 수도 있지만
시간은 그러하지 않을 것이다.

벤자민 프랭클린

263

친구라고 해서
불쾌한 말을 해도 된다고
생각하지 말라.
누군가와 가까운 관계가 될수록,
현명하고 예의바르게
행동하는 것이 중요하다.
가끔 부득이한 경우를 제외하고
불쾌한 말은 적에게서 듣게 놔두라.
적들은 이미 그런 말을 거리낌 없이 할
준비가 되어 있다.

올리버 웬델 홈스

264

꿈과 현실 사이의
격차를 두려워하지 말라.
꿈을 꿀 수 있는 것은
현실로도 만들 수 있다.

벨바 데이비스

265

한 차례의 패배를
최후의 패배로
혼돈하지 말라.

F. 스콧 피츠제럴드

자신이 될 수 있는 존재가 되길
희망하는 것이
삶의 목적이다.

신시아 오지크

267

당신이 한 봉사에 대해서는
말을 아껴라.
그러나
당신이 받았던 호의들에 대해서는
이야기하라.

세네카

268

지식이란
당신이 무엇을 할 수 있는지
아는 것이다.
지혜란
하지 않아야 할 때를
아는 것이다.

격언

269

성공이란
넘어지는 횟수보다
한 번 더 일어서는 것이다.

올리버 골드스미스

결코 포기하지 마라.
실패하고 거부당하는 것이야말로
성공으로 가는 유일한 첫 걸음이다.

지미 발라노

271

성공하는 사람은
실수에서 배우고
다른 방법으로 다시 시도한다.

데일 카네기

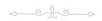

272

실패와 좌절을
새로운 성취와
다음 단계의 성공으로 향하는
도약대로 여겨라.

레스 브라운

273

끈기 있는 자는
다른 사람들이 실패한 지점에서
성공의 열매를 거두기 시작한다.

에드워드 에글스턴

274

'그래 이제 성공했으니
편히 쉬어야겠어' 라고
말할 수 있는 때는 없다.

캐리 피셔

275

계속 시도하라.
각각의 실패는
성공에 한 걸음 더 다가가는 것이다.

토머스 J. 빌로드

276

실패도 배우는 게 있으면 성공이다.

말컴 포브스

277

어떤 계통의 일에 종사하든
탁월한 성공에 이르는 길은
그 계통의 달인이 되는 것이다.

앤드류 카네기

278

실패를 받아들일 수 없다면
그 어떤 성공도 이룰 수 없다.

조지 쿠코

279

실패란 없다.
피드백만 있을 뿐이다.

로버트 앨런

280

성공은 마법도 신비도 아니다.
성공은
지속적인 기본 원칙 적용의
자연스런 결과다.

짐 론

281

성공한 기업을 보면
누군가 한때 용기 있는 결정을
내렸음을 알 수 있다.

피터 드러커

282

진정한 성공은
성공할 수 없을 것이라는
두려움을
극복하는 것이다.

풀 스위니

283

기꺼이 시도했다가
비참하게 실패해도
다시 시도해보지 않으면
성공은 다가오지 않는다.

필립 애덤스

284

성공은
하루하루 반복해서 쏟는
작은 노력들의 총합이다.

호버트 클리어

285

성공하려면
정확히 무엇을 달성하고 싶은지
결정하고
그것을 얻기 위한
대가를 치를 결심을 해야 한다.

벙커 헌트

286

대담한 자가 승리한다.

윈스턴 처칠

287

너무 멀리 가는 것을
결코 두려워해서는 안 된다.
성공은 바로 저 너머에 있으니까.

마르셀 프루스트

288

한 걸음 한 걸음
단계를 밟아 나아가라.
그것이 무언가를 성취하기 위한
내가 아는 유일한 방법이다.

마이클 조던

289

승자가 되기 위해서는
두 가지가 필요하다.
명확한 목표와
그것을 이루려는 뜨거운 열망.

브래드 버튼

290

꿈과 성취의 유일한 차이는 노력이다.

크리스 볼웨이지

291

인간은 무한한 열정을 쏟는 일에서는
거의 반드시 성공한다.

찰스 슈왑

292

성공으로 향하는 길에는
제한 속도가 없다.

데이비드 W. 존슨

293

다른 사람이 무엇을 하는지
신경 쓰지 말라.
더 나은 당신이 되기 위해 노력하고
매일 당신의 기록을 깨트려라.
그러면 성공한다.

윌리엄 보엣커

294

실패는 우리를 가르친다.
진정 사고할 줄 아는 사람은
성공뿐 아니라 실패에서도
많은 것을 배운다.

존 듀이

295

어떤 분야에서든
성공을 위한 최소한의
요구 조건이 있다면
그것은 바로 지속적인 학습이다.

데니스 웨이틀리

296

또 다른 지금은 없는 법이니
오늘을 최대한 활용하라.
또 다른 나는 없는 법이니
나를 최대한 이용하라.

로버트 H. 슐러

297

중요한 것은
모든 것을 다 알고 난 다음에 얻은
교훈이다.

존 우든

298

어제의 성과가 커 보이면
오늘 아무것도 하지 않았다는 이야기다.

루 홀츠

299

과거의 실수와 실패는 잊어라.
지금 하고자 하는 바를 제외한
모든 것을 잊고
그것에 매진하라.

월리엄 듀랜트

300

열정은 기회를 발견하고
에너지는 그것을 활용한다.

헨리 호스킨스

내 명언 한 마디

Bucket List

Bucket List

엮은이 김지영

배우는 것이 즐겁고 책이 좋아서 책과 관련
된 일을 해왔다.
나에게 위로가 되었고 가야 할 방향을 알려
준 책 속의 지혜와 글들이 다른 누군가에게
도 도움이 되길 바라는 마음으로 책을 준비
하고 있다.